세 계 문 학 명 작 소 설

알퐁스 도데
단편소설

《별》

·

《아를의 여인》

·

《마지막 수업》

·

한 글 · 영 어
큰 글 씨
특 별 판

알퐁스 도데 단편소설
별 · 아를의 여인 · 마지막수업 (한글+영어판)

발　행 | 2020년 03월 13일
저　자 | 알퐁스 도데 (Alphonse Daudet)
펴낸이 | 한건희
펴낸곳 | 주식회사 부크크
출판사등록 | 2014.07.15.(제2014-16호)
주　소 | 서울 금천구 가산디지털1로 119 SK트윈테크타워 A동 305-7호
전　화 | 1670-8316
이메일 | info@bookk.co.kr

ISBN | 979-11-372-0063-0

www.bookk.co.kr

책 속의 기호(" ", 〈 〉) 등은 첫 문장에 나올 때만 표기되며 두 번째 부터는 생략하였습니다. (' ' 기호는 내적 생각을 나타냄) 영어원서를 기본으로 하되 직역과 의역을 병행하여 번역되었음을 밝혀드립니다.

세 계 문 학 명 작 소 설

알퐁스 도데

단편소설

《별》
·
《아를의 여인》
·
《마지막 수업》

한 글 · 영 어
큰 글 씨
특 별 판

글
알퐁스 도데
Alphonse Daude

박노마 (한글) 번역

목차

머리말

알퐁스 도데 단편소설

《일러두기》

1. 《알퐁스 도데 단편소설》에 수록된 소설은 프랑스 원작을 영어로 번역한 이야기를 한글로 재번역한 도서이다.

2. 《별》 단편소설의 프랑스 원작에 수록된 '프랑스 별자리 및 역사, 문화' 문장은 '영어판, 한글판' 원문 탈락시켰다.

3. 《별》《아를의 여인》《마지막 수업》한글판 3편은 '직역&의역' 을 병행하여 번역했고 해석 시에는 참고만 하기 바랍니다. (우리 한국 정서에 맞은 낱말 선택과 이해를 돕도록 수식어 와 미사여구를 삽입하고 때로는 삭제되었다)

4. '영어 번역판'에 지역과 표현에 일부 '프랑스어'가 삽입되 어 있다.

5. '영어 번역판'에 독자의 성향에 따라 글쓰기, 한글 번역&해 석과 메모할 수 있는 코너가 구성되어 있다.

머리말

알퐁스 도데
Alphonse Daudet (1840~1897)
프랑스 소설가.

 남프랑스 프로방스 지방의 인정과 풍경을 쓴 1869년 《풍차 방앗간 소식》과 1873년 《월요일 이야기》등으로 작자의 이름을 드높였다.

수많은 작품 중 특히 《별》, 《마지막 수업》, 《아를의 여인》 단편소설은 우리의 국어교과서에 수록되면서 아름다운 이야기로 큰 사랑을 받았다.

알퐁스 도데는 때론 냉혹한 관찰을 통해 조롱과 야유가 섞인 소재를 삼은 반면 재미있고 서정적이며 아름다운 낭만적인 소설을 쓰기도 했다.

소설 속의 등장인물들은 현실성을 가졌다는 평가를 받는다.

《별》

원제는 "한 프로방스 목동의 회고" 1885년에 발표한 단편소설이다.

순수한 플라토닉 사랑을 그린 순수한 애정을 지키는 목동의 이야기를 하고 있다.

《마지막 수업》

1871년 보불전쟁에서 프랑스가 프로이센에 패배하면서 '알자스-로렌' 지방을 넘겨주는 배

경으로 하는 소설로 우리의 일제강점기와 맞물려 한국어를 사용할 수 없는 슬픈 역사가 연상되는 작품이다.

도네는 아이러니 하게도 교사 생활을 했시만, 학교와 학생들에 시달려 결국 1년여 만에 교사직을 그만두었다.

《아를의 여인》

작가는 소설뿐만 아니라, 극작가에서도 두각을 냈다. '아를의 여인' 각본 쓰고 연극으로 구성하여 프랑스 작곡가 《조르주 비제》가 27개의 곡으로 완성하여 큰 인기를 끌어 클래식 명곡으로 평가받고 있다.

이 풍차 방앗간은 아를 지방 부근에 현존하

고 있다. 또한, 《빈센트 반 고흐》의 명화에도 동명의 아를의 여인이라는 제목의 그림이 남아있다.

도데는 건강이 악화되고 약을 잘못 쓴 탓에 불면증에 시달리다가 1897년 6월에 세상을 떠났다.

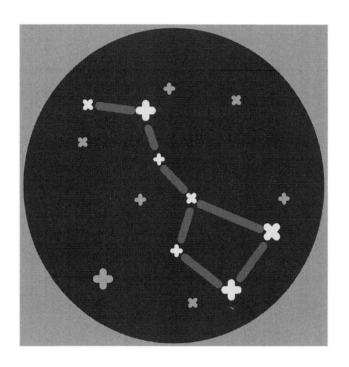

별

별

한 프로방스 목동의 이야기

　내가 뤼브롱 산에서 양을 치고 있을 때면 사냥개 검둥이와 양떼들만이 나와 함께 있을 뿐 몇 주일 동안 살아있는 사람의 그림자조차 전혀 볼 수 없고 혼자서 몇 주 동안 목초지에 머물러야만 했다.

　가끔 몽드-뤼-르(Mont-de-l'Ure)에서 온 은둔자가 약초를 찾아 지나가거나, 피에몽(Piemont)에서 온 굴뚝 청소부처럼 검게 그을린 얼굴을 한 숯 굽는 사람만이 눈에 띄는 일도 있었다.

　그러나 그들은 홀로 외딴 곳에서 고독한 삶

을 지내온 터라 말 수도 적고 세상 공론(잡담)을 하는 취미도 잃었고 산 아랫마을 사람들이 무슨 일이 일어나는지 전혀 알지도 못하고 관심도 없는 순박한 사람들이었다.

농장에서 2주마다 보급품 식량을 가져다주는 노새의 방울 소리가 저 멀리서 들려 올 때쯤이면 생기 있고 발랄한 작은 얼굴을 앳된 꼬마 소년이 오거나, 빨간 모자를 쓴 '노라드' 아줌마의 언덕 너머로 나타나는 것을 볼 때 너무나 기뻤다. 나는 그들이 내게로 오자마자 마을의 새로운 소식과 세례(식), 누가 결혼했는지 등을 물었다.

하지만 특히 내가 관심을 두고 있는 것은 농장주인 따님 스테파네트 아가씨가 무슨 일을 하면서 지내고 있는지를 알아내는 일이었다. 아가씨는 50Km 안에서 가장 예쁘고 사랑스러웠다. 그녀에 관한 호기심이 지나치지 않게 마음을 숨기며 아가씨가 마을 축제와 농장 저녁 만찬 모임에 갈 것인지 그리고 매번 새로운 멋쟁이 남자들이 환심을 얻기 위해 나타나는지에 대한 소식을 가까스로 알아냈다.

누군가 내게 하찮고 보잘것없는 양치기 목동이 어떻게 그런 걸 알아서 무엇 하느냐고 묻는다면, 나는 스무 살이었고 스테파네트 아가씨는 내가 평생 본 사람 중에서 가장 아름다운 사람이었다고 말했을 것이다.

그러던 어느 일요일, 보름치의 식량이 올 때가 되었는데 오늘따라 매우 늦도록 도착하지 않았다. 아마 오전에 '큰 미사가 있었기 때문일 거야.'라고 나는 생각했다. 그러나 느닷없이 정오에 큰 폭풍우가 쏟아졌다. 그래서 노새 출발 길이 막혀서 그런가 보다 하며 초조한 마음을 달랬다. 그때, 3시가 넘어 먹구름이 잔뜩 낀 하늘이 맑아지고 비에 젖은 산이 햇빛을 받아 반짝거리자, 흠뻑 젖은 나뭇잎에 물방울이 떨어지는 소리와 극심하게 불어난 개울물이 흘러넘치는 소리와 뒤섞이며 노새의 방울 소리가 들리기 시작했다. 그 소리는 부활절의 종소리처럼 반갑게 들렸고 행복했으며 생동감이 얼굴에 활기차게 번졌다. 그러나 또랑또랑한 농장 소년이나, 노라드 아줌마의 모습이 보이지 않았다.

'그건... 짐작도 하지 못 했던... 내 마음속에

갈망하던 아가씨!' 스테파네트 아가씨가 노새의 등에 놓인 고리버들 안장에 의젓하고 편안하게 앉아 폭풍우가 휘몰아친 뒤에 밀려오는 싸늘한 산 공기에 얼굴이 붉게 상기되어 있었다.

그녀의 말을 듣자 하니, 농장 어린 소년은 병이 났고, 노라드 아줌마는 휴가 중이고 집에서 아이를 돌보고 있다고 말하면서 스테파네트는 노새 등에서 내리면서 이 모든 상황을 알려주며 오다가 길을 잃었기 때문에 늦었다는 사연을 들려주었다.

그러나 아가씨 머리에 꽂힌 꽃 리본과 비단결 같은 스커트, 곱고 단정한 레이스로 단장된 옷차림은 덤불 속을 헤치고 길을 찾아 헤

맨 모습보다는 무도회를 마치고 늦어진 것처럼 보일 지경이었다.

'오, 귀여운 여인!' 그녀를 바라보는 내 눈은 지칠 줄 몰랐다. 나는 아가씨를 이토록 가까이에서 본 적은 없었다. 때때로 겨울에 양떼를 몰고 목초지 벌판에서 저녁 식사를 하기 위해 농장으로 돌아왔을 때, 그녀는 항상 화려하고 아름답고 반듯한 옷차림으로 식당을 가로질러 지나쳐 가기도 했지만 사실상 우리와 눈이 마주치지도 않았다. 그런데 지금, 아가씨가 바로 내 앞에... 혼자서 나만을 바라보고 있다니... 이만하면 정신을 잃을 만하지 않았을까요?

아가씨는 짐 바구니에서 식량을 부랴부랴 꺼

내놓고 주변 모든 것이 신기한 듯 호기심을 가지며 주위를 둘러보기 시작했다. 주말 나들이 스커트 옷이 더럽힐까 봐 살짝 걷어 올리며 내가 쉬고 잠드는 움막 안으로 들어가 새끼 양의 털가죽 덮개가 놓인 짚으로 만든 침대, 벽에 걸린 긴 망토, 목양자의 지팡이, 그리고 새총 등이 아가씨는 신기하고 매료된 듯 바라보았다.

"—그래, 여기가 네가 사는 곳이야, 이 작은 움막에서 늘 혼자 있으니 얼마나 지루할까. 무얼 하며 지내? 무슨 생각을 하면서 보낼까?"

'아가씨를 생각하면서요.'라고 나는 말하고 싶었다. 그 말이 거짓말은 아닐 테지만, 너무나 당황하여 어찌할 바 몰라 대꾸 한마디도 나오지 않았다. 분명히 그녀는 나의 기분을 눈치를 챈 듯했다. 우물쭈물하며 몸을 비트는 내 모습을 보며 즐거워하는 것 같았다.

"─여자 친구가 가끔 만나러 올라오지 않니? 정말 여자 친구가 움막에 찾아오면 '황금빛 양'처럼 저 산봉우리를 날아다니는 전설의 '에스텔레(Esterelle)' 요정이 눈앞에 아른거리듯 하겠지..."
그녀는 이야기를 계속하며 고개를 뒤로 젖히며 깔깔거리며 웃었다.

나에게 아가씨의 모습은 진짜 살아 있는 요정 에스텔레처럼 보였다. 마치 급하게 방문하고 곧장 서둘러 떠날 것만 같은 꿈같았다.

"잘 있어. 목동."

"잘 가세요. 아가씨."
그리고 그녀는 빈 바구니를 가지고 떠났다.

그녀가 비탈진 길을 따라 사라지면서 노새의 발굽에 돌멩이들이 불안정하게 밟히며 굴러갈 때마다 내 심장이 데굴데굴 떨어져 가는 것만 같았다. 나는 노새의 발굽 소리를 들으며 아주 오랫동안 제자리에 서 있었다. 어둠이 내릴 때까지 백일몽(白日夢) 마법이 깰 것이 두려워 옴짝달싹 움직이지도 못한 채 그대로 있을 수밖에 없었다.

저녁이 다가오자 짙푸른 어둠이 계곡 골짜기 사이로 스며들더니, '매애'거리며 양떼가 울타

리 안으로 뒤섞이며 몰려들어 왔다. 바로 그
때 가파른 길에서 어떤 한 사람이 나를 부르
는 소리가 들렸다. 길 아래에 아가씨가 보였
고, 그녀의 쾌활한 웃음은 어디에도 찾아볼
수 없었다. 온몸이 젖어 무서운 공포에 눌린
듯한 모습을 하며 추위에 떨었다.

 그녀는 언덕 밑에서 폭풍우 비바람에 '소르
고' 강물이 불어 난 개울을 무슨 수를 써서라
도 건너고 싶은 마음에 위험을 무릅쓰고 건너
려고 하다가 물에 빠져 죽을 뻔한 모양이었
다. 더 난처한 일은 어둠이 짙게 깔린 한밤중
에 그녀가 농장으로 돌아갈 가능성은 없어보
였다. 또 다른 지름길이 있긴 했지만, 아가씨
혼자서 찾지 못할 것이고, 나는 양떼를 내버
려 두고 떠날 수가 없는 노릇이었다. 이렇게

산에서 밤을 지새울 생각을 하니, 아가씨는 안절부절못하며 서성거렸다. 특히 가족들이 걱정하기 때문에 몹시 괴로워했다. 나는 최선을 다해 그녀를 안심시키려 노력 했다.

"7월의 밤은 짧습니다, 아가씨! 그저 순식간에 지나갈 것입니다."

그렇게 말하고 시냇물에 적신 발과 흠뻑 젖은 드레스를 말리기 위해 재빨리 불을 붙였다. 그리고 나서 우유와 치즈를 그녀의 앞에 놓아두었지만, 가엾은 아가씨는 따뜻한 불을 쬐려고도 몸을 돌리지도 않았고, 음식도 어느 하나 먹어 보려 하지도 않았다. 그녀의 두 눈의 큰눈망울에 눈물이 글썽이며 고이는 것을 보고 나까지도 따라 울고 싶었다.

그동안 밤이 깊어져 산마루에 희미한 저녁노을 흔적만이 바람을 따고 왼쪽으로 흘러 남아 있었다. 아가씨가 휴식을 취하며 안정을 찾아주기 위해서 신선한 지푸라기로 짚단을 만들고 한 번도 사용하지 않는 깨끗한 양털 가죽 덮개를 깔아주면서 편안하게 주무시라는 인사말을 건네고 문밖으로 나와 앉았다.

하나님이 지켜보시고 맹세컨대, 나는 그녀에 대한 불타는 욕망에도 불구하고 부정한 생각이 들지 않았다. 비록 누추하지만 내 움막의 한구석에서 아가씨가 잠을 자는 모습을 신기하게 지켜볼 뿐, 마치 양을 내가 지키는 것과 같이 농장주인 따님은 나의 무한한 신뢰와 보호를 받으며 마음 편하게 양처럼 쉬고 있다는 것이 내 가슴이 벅차올랐다.

이제껏 나에게 밤하늘이 유난히 어둡고, 별들이 반짝이며 찬란하게 밝아 보인 적이 없었다.

갑자기 문고리가 열리더니 아름다운 스테파네트 아가씨가 나왔다. 그럴 것이 그녀는 잠을 이룰 수가 없었을 것이다. 양들이 저르륵 저르륵 거리며 움직이는 소리와 '매애~'하고 우는 소리에 단잠의 꿈을 꿀 수가 없어 그럴 바에 그녀는 단지 불 가까이 다가가고 싶었을 뿐이었을 것이다. 나는 염소 모피를 벗어 아가씨 어깨 위에 덮어주고 모닥불을 더욱 활활 지피었다. 그리고 우리 둘은 아무 말도 없이 나란히 앉아 있었다.

모든 이가 잠든 밤중에 별빛 아래서 밤을 지

새워 본 사람이면 적막과 고독 속에 신비로운 세계가 깨어난다는 사실을 알 것이다. 산속의 계곡 물줄기는 옹알거리듯 소리를 내고 옹달샘의 갇힌 도깨비 불꽃이 반짝거린다. 산의 요정들이 자유롭게 이 산 저 산을 뛰어놀고, 허공에 떠돌다가 떨어지는 바스락거리는 소리, 너무 작아서 감지할 수 없는 무수한 소리조차 생생하게 들려온다. 더구나 나뭇가지에 새싹이 무성하게 자라나는 소리까지 들린다.

햇볕이 든 낮 시간은 일상 생물들의 세계이지만, 어둠이 내린 밤 시간은 우리가 알지 못하는 생물들의 세상이지요. 이런 낯선 시간이 익숙하지 않은 사람이라면 두렵기 마련입니다. 그래서 그런지, 우리 아가씨는 아주 작은 부스럭 소리에도 온몸을 부들부들 떨며 저의 옆을 꼭 붙잡으며 달라붙었다. 한번은 가장 어두운 연못 부근에서 길게 음침한 울음소리가 굽이치며 우리를 향해 다가오며 강렬해졌을 때, 바로 그 찰나에 굉음을 토해내는 신음과 동시에 불빛을 싣고 떠나는 별똥별(流星: 유성) 하나가 우리의 머리 위로 번쩍거렸다.

"一저게 뭘까?"
스테파네트가 속삭이면서 물었다.

"一천국으로 들어가는 영혼이지요. 아가씨."
그리고 나는 몸에 성호를 그렸다.

그녀도 나와 같은 성호를 따라 하면서 황홀감에 빠져 하늘을 경이롭게 바라보고 있었다. 그러더니, 불쑥 내게 말을 건넸다.

"一너희 목동들은 점성술사(마법사)라는 것이 사실이야?"

"一아니요, 천만의 말씀입니다. 아가씨. 하지만 산에 머무는 우리 목동은 별에 더 가까이 지내고 있고, 마을 평원에 사는 사람들보다 별들에 무슨 일이 일어나는 데 잘 알고 있을 뿐이죠."

그녀는 정면으로 별들을 하염없이 바라보면서 한 손을 턱을 괸 채 염소 모피를 두른 모습은 마치 천상의 귀여운 목자 같았다.

"一별들이 참 많네! 정말 아름답구나! 이렇게 수많은 별을 처음 봐. 저 별의 이름이 뭘까? 너는 알고 있을 테지?

"물론이지요. 아가씨. 자 보세요! 우리 머리 바로 위, 저것이 은하수예요. 더 멀리 바라보면 큰곰자리(북두칠성)이고요."

그는 가득 찬 별들을 가리키며 그녀에게 아주 자세하게 묘사해 주었다...

"─수많은 별 중에 목동 이름이 붙은 별은 '마귈론(Maguelonne)'이예요."

"7년마다 토성을 쫓아가 결혼을 한답니다."

"뭐라고! 별들도 결혼을 하는 거야?"

"그럼요. 아가씨"

그리고 그녀에게 별들의 결혼이 무엇인지 이야기하려고 하던 순간, 내 어깨가 눌리며 시원하고 부드럽고 정말 기분 좋은 감촉이 느껴졌다. 아가씨는 졸음에 겨워 리본과 레이스 그리고 금빛 긴 머리카락이 붓처럼 간질거리며 얼굴에 닿았다.

아가씨는 나의 어깨에 기대어 잠든 그대로 별이 희미해지고 동이 틀 때까지 움직이지도 않았다.

나로서는 내 영혼 속에 흔들거리는 고민에 빠지면서도 어깨에 기대어 고이 잠든 그녀를 지켜만 보았다. 아름다운 생각만을 전해주는 해맑은 밤의 천진난만하고 순진한 마음을 별빛에 가두었다.

우리 주위 하늘에 총총한 별 무리들이 자리를 지키며 조용히 운행을 계속하고 있었다.

가끔은 내가 아는 별들 중, 가장 귀중한 별, 가장 아름답게 빛나는 별 하나가 길을 잃고 부드럽게 살며시 내려앉아 내 어깨에 잠들어 있노라고….

THE STARS

A tale from a Provencal shepherd.

When I used to be in charge of the animals on the Luberon, I was in the pasture for many weeks with my dog Labri and the flock without seeing another living soul. Occasionally the hermit from Mont-de-l'Ure would pass by looking for medicinal herbs, or I might see the blackened face of a chimney sweep from Piémont. But these were simple folk, silenced by the solitude, having lost the taste for chit-chat, and knowing nothing of what was going on down in the villages and

towns. So, I was truly happy, when every fortnight I heard the bells on our farm's mule which brought my provisions, and I saw the bright little face of the farm boy, or the red hat of old aunty Norade appear over the hill. I asked them for news from the village, the baptisms, marriages, and so on. But what particularly interested me, was to know what was happening to my master's daughter, Mademoiselle Stephanette, the loveliest thing for fifty kilometres around. Without wishing to seem over-curious, I managed to find out if she was going to village fetes and evening farm gatherings, and if she

still turned up with a new admirer every time. If someone asked me how that concerned a poor mountain shepherd, I would say that I was twenty years old and that Stephanette was the loveliest thing I had seen in my whole life.

One Sunday, however, the fortnight's supplies were very late arriving. In the morning, I had thought, "It's because of High Mass." Then about midday, a big storm got up, which made me think that bad road conditions had kept the mule from setting out. Then, just after three o'clock, as the sky cleared and

the wet mountain glistened in the sunshine, I could hear the mule's bells above the sound of the dripping leaves and the raging streams. To me they were as welcome, happy, and lively as a peal of bells on Easter Day. But there was no little farm boy or old aunty Norade at the head. It was ⋯ you'll never guess ⋯ my heart's very own desire, friends! Stephanette in person, sitting comfortably between the wicker baskets, her lovely face flushed by the mountain air and the bracing storm.

Apparently, the young lad was ill and aunty Norade was on holiday at her

childrens' place. Stephanette told me all this as she got off the mule, and explained that she was late because she had lost her way. But to see her there in her Sunday best, with her ribbon of flowers, her silk skirt and lace bodice; it looked more like she had just come from a dance, rather than trying to find her way through the bushes. Oh, the little darling! My eyes never tired of looking at her. I had never seen her so close before. Sometimes in winter, after the flocks had returned to the plain, and I was in the farm for supper in the evening, she would come into the dining room,

always overdressed and rather proud, and rush across the room, virtually ignoring us···. But now, there she was, right in front of me, all to myself. Now wasn't that something to lose your head over?

Once she had taken the provisions out of the pannier, Stephanette began to take an interest in everything. Hitching up her lovely Sunday skirt, which otherwise might have got marked, she went into the compound, to look at the place where I slept. The straw crib with its lambskin cover, my long cape hanging on the wall, my shepherd's

crook, and my catapult; all these things fascinated her.

—So, this is where you live, my little shepherd? How tedious it must be to be alone all the time. What do you do with yourself? What do you think about?

I wanted to say, "About you, my lady," and I wouldn't have been lying, but I was so greatly nonplussed that I couldn't find a single word by way of a reply. Obviously, she picked this up, and certainly she would now take some gentle malicious pleasure in turning the screw:

—What about your girlfriend, shepherd, doesn't she come up to see you sometimes? Of course, it would have to be the fairy Esterelle, who only runs at the top of the mountain, or the fabled, golden she-goat….

As she talked on, she seemed to me like the real fairy Esterelle. She threw her head back with a cheeky laugh and hurried away, which made her visit seem like a dream.

—Goodbye, shepherd.

—Bye, Bye, lady.

And there she was—gone—taking the empty baskets with her.

As she disappeared along the steep path, stones disturbed by the mule's hooves, seemed to take my heart with them as they rolled away. I could hear them for a very long time. For the rest of the day, I stood there daydreaming, hardly daring to move, fearing to break the spell. Towards the evening, as the base of the valleys became a deeper blue, and the bleating animals flocked together for their return to the compound, I heard someone calling to me on the way down, and there she was;

mademoiselle herself. But she wasn't laughing any more; she was trembling, and wet, and fearful, and cold. She would have me believe that at the bottom of the hill, she had found the River Sorgue was swollen by the rain storm and, wanting to cross at all costs, had risked getting drowned. The worse thing, was that at that time of night, there was no chance of her getting back to the farm. She would never be able to find the way to the crossing place alone, and I couldn't leave the flock. The thought of staying the night on the mountain troubled her a great deal, particularly as her family

would worry about her. I reassured her as best I could:

—The nights are short in July, my Lady. It's only going to seem like a passing, unpleasant moment.

I quickly lit a good fire to dry her feet and her dress soaked by the river. I then placed some milk and cheese in front of her, but the poor little thing couldn't turn her thoughts to either warming herself or eating. Seeing the huge tears welling up in her eyes, made me want to cry myself.

Meanwhile night had almost fallen. There was just the faintest trace of the sunset left on the mountains' crests. I wanted mademoiselle to go on into in the compound to rest and recover. I covered the fresh straw with a beautiful brand new skin, and I bid her good night. I was going to sit outside the door. As God is my witness, I never had an unclean thought, despite my burning desire for her. I had nothing but a great feeling of pride in considering that, there, in a corner of the compound, close up to the flock watching curiously over her sleeping form, my masters' daughter rested,—just

like a sheep, though one whiter and much more precious than all the others,—trusting me to guard her. To me, never had the sky seemed darker, nor the stars brighter···. Suddenly, the wicker fence opened and the beautiful Stephanette appeared. She couldn't sleep; the animals were scrunching the hay as they moved, or bleating in their dreams. For now, she just wanted to come close to the fire. I threw my goat-skin over her shoulders, tickled the fire, and we sat there together not saying anything. If you know what's it's like to sleep under the stars at night, you'll know that, when we are normally

asleep, a mysterious world awakens in the solitude and silence. It's the time the springs babble more clearly, and the ponds light up their will o' the wisps. All mountain spirits roam freely about, and there are rustlings in the air, imperceptible sounds, that might be branches thickening or grass growing. Day-time is for everyday living things; night-time is for strange, unknown things. If you're not used to it, it can terrify you⋯. So it was with mademoiselle, who was all of a shiver, and clung to me very tightly at the slightest noise. Once, a long gloomy cry, from the darkest of the ponds,

rose and fell in intensity as it came towards us. At the same time, a shooting star flashed above our heads going in the same direction, as if the moan we had just heard was carrying a light.

—What's that? Stephanette asked me in a whisper.

—A soul entering heaven, my Lady; and I crossed myself.

She did the same, but stayed looking at the heavens in rapt awe. Then she said to me:

—Is it true then, that you shepherds are magicians?

—No, no, mademoiselle, but here we live closer to the stars, and we know more about what happens up there than people who live in the plains.

She kept looking at the stars, her head on her hands, wrapped in the sheepskin like a small heavenly shepherd:

—How many there are! How beautiful! I have never seen so many. Do you know their names, shepherd?

—Of course, lady. There you are! Just above our heads, that's the Milky Way. Further on you have the Great Bear. And so, he described to her in great detail, some of the magic of the star-filled panoply….

—One of the stars, which the shepherds name, Maguelonne, I said, chases Saturn and marries him every seven years.

—What, shepherd! Are there star marriages, then?

—Oh yes, my Lady.

I was trying to explain to her what these marriages were about, when I felt something cool and fine on my shoulder. It was her head, heavy with sleep, placed on me with just a delightful brush of her ribbons, lace, and dark tresses. She stayed just like that, unmoving, right until the stars faded in the coming daylight. As for me, I watched her sleeping, being somewhat troubled in my soul, but that clear night, which had only ever given me beautiful thoughts, had kept me in an innocent frame of mind. The stars all around us continued their stately, silent journey like a great docile flock

in the sky. At times, I imagined that one of these stars, the finest one, the most brilliant, having lost its way, had come to settle, gently, on my shoulder, to sleep….

아를의 여인

아를의 여인

풍차 방앗간을 지나 마을로 내려가는 길에 지중해 팽나무들이 심어진 큰 안뜰 뒤편에 한 농가를 지나치게 된다. 빨간 기와지붕과 갈색 건물 정면에 문과 불규칙한 창문이 있는 프로 방스 전형적인 농장 집의 다락방 바로 위로 수탉 모양 풍향계가 있고 건초를 끌어올리기 위한 오래된 도르래와 건초 다발이 몇 가닥씩 튀어나와 있었다.

저에게 각별히 황폐한 집처럼 생각되는 까닭은 뭘까? 굳게 닫힌 대문이 왜 내 뜨거운 피를 얼어붙게 했을까? 까닭 모를 일이었다. 하지만 그 집만을 보고 있자면 오싹함이 밀려왔다. 괴상한 적막은 숨이 막힐 지경이었다. 개조차 짖지 않았고, 뿔닭도 조용히 산발적으로 흩어져 있었다. 농가 안에는 아무 인기척도 느낄 수 없었다. 아주 흔한 노새의 방울 소리도 들리지 않았다. 창문에 하얀 커튼과 지붕에서 피어오르는 연기만 아니었다면 인적이 끊긴 집으로 여겼을 것이다.

어제 정오 무렵, 마을을 지나가다가 더위를 피하려고 늙은 팽나무가 늘어선 농가의 담장 옆으로 걷는 도중 앞 길가에서 건초 뜨는 머슴들이 조용히 끝손질하며 짐마차에 운반하는 모습을 보았다. 왼쪽으로 시선을 돌리자 대문을 열어 둔 채 안마당에 커다란 돌 탁자에 팔꿈치를 얹고 두 손으로 머리를 감싸 쥐고 있었다. 키가 크고 머리가 백발이 성성한 노인을 뜰 뒤쪽에서 발견했다. 그는 몸에 맞지 않는 재킷과 너덜너덜한 바지를 입고 있었다. 그를 목격하자 멈칫하며 길에 섰다. 그 머슴 중 한 명이 거의 알아들을 수 없는 목소리로 내게 귓속말을 했다.

"—쉿, 주인어른이에요. 아들이 죽은 뒤부터 줄곧 저렇게 있답니다."

그 순간 두 사람이 검은 상복차림의 옷을 입고 살찐 뚱뚱한 여자와 햇볕에 그을린 작은 소년이 우리 옆을 스쳐 지나가며 농가로 들어 갔다.

그 남자는 말을 계속했다.

"— 주인마님과 막내아들이 미사를 보고 돌

아오는 중이죠. 큰아들이 자살한 이후 매일 같은 일을 반복하고 있답니다. 오. 선생님! 얼마나 비극적인 일입니까. 아버지는 아직도 아들의 옷을 입은 채 돌아다니시는데, 상복으로 갈아입히려고 해도 그분을 무엇으로 막을 수가 없습니다. 이랴!"

그러면서 머슴은 짐 싣는 마차가 흔들리며 출발할 준비를 하였다. 나는 궁금하기도 하고 좀 더 알고 싶어서 마부에게 동승해도 되겠냐고 청했다. 그리하여 건초더미 안에서 청년 '장'의 비극적 이야기를 모두 알게 되었다.

* * * * *

청년 '장'은 스무 살의 훌륭한 시골 젊은이로

소녀처럼 품행이 예의 바르고 체격도 건장하며 친절하고 다정한 청년이었다. 그는 매우 잘생겼기에 많은 뭇 여성들의 시선을 끌 만했다. '장'은 어느 날 마을 광장에서 한 번 만난 적이 있는 벨벳과 레이스가 달린 귀엽고 자그마한 아를 지방의 소녀에게 첫눈에 반해 그녀만을 마음에 두고 있었다.

그러나 처음에 부모님은 아를 지역의 여인을 탐탁지 않게 받아들였다. 그 소녀는 추파를 던지는 바람둥이로 알려져 있었고, 그녀의 부모도 이 지역 주민이 아니었다. 하지만 '장'은 어떤 대가를 치르더라도 그녀를 사랑했다. '장'은 이런 말을 했다.

"—그녀가 아니면 난 죽어버릴 거야."

마지못해 아들의 결혼에 동의하고 추수가 끝
난 후에 결혼식을 올리기로 성사되었다.

어느 일요일 저녁에 가족들과 안마당에서 거
의 혼례 잔치와 다를 바 없는 저녁 만찬을 가
졌다. 약혼녀는 없었지만, 식사 내내 그녀의
건강과 행복을 기원하는 건배를 들었다. 돌연
문 앞에 한 남자가 나타나더니, 말을 더듬으
며 주인어른(에스테브)와 단둘이 이야기를 요
청했다. '에스테브'는 일어나 길가로 나갔다.

그 남자가 말하길,
"—어르신, 당신의 아드님을 절개가 없는 여
자와 결혼시키려고 하고 계십니다. 그녀는 저
와 2년간 동거한 여자입니다. 제가 지금 말하
는 것에 대한 증거를 가지고 있습니다."

"여기, 그녀의 편지를 봐주십시오! 그녀 부모도 이 모든 것을 알고 있고 내게 사위로 받아들여 주겠다는 약속도 했지만, 어르신 아들이 관심을 가진 후로 저와 어떤 관계도 부정하며 싫어했습니다. 이런 양심의 가책도 느끼지 못하는 여자가 다른 사람과 결혼할 수 없다는 생각이 들었습니다."

"잘 알았소."
'에스테브'는 편지를 다 잃고 그 남자에게 말을 건넸다.

"백포도주 한 잔 마시고 가시오."
그 남자가 대답했다.

"고맙지만, 마음이 편치 않아 마실 수가 없

을 것 같습니다."

그리고 그는 걸음을 재촉했다.

'장' 아버지는 겉으로 아무렇지도 않은 듯이 다시 돌아가 식탁에 앉아 남은 저녁 만찬을 아주 상냥하게 마무리 지었다.

그날 저녁, 아버지는 아들을 데리고 들판으로 산책하러 나갔다. 그들은 한동안 밖에서 시간을 보내며 돌아왔을 때, 어머니는 부자를 기다리고 있었다.

"여보."

아버지는 아들을 어머니에게 데려다주면서 말했다.

"이 불쌍한 녀석을 안아 주시구려!"

* * * * *

‘장’은 다시는 아를 지방 여자(Arlesienne:
아를레지엔느)에 대해 언급하지 않았다. 그는
여전히 그녀를 사랑했지만, 이제 다른 누군가
의 품에 안겨 살았다는 것에 개의치 않았다.
단지 문제라면 조용한 성격 때문에 아무 말도
하지 않았을 뿐이었다. 그러나 자존심이 강한
탓에 가엾게도 극단적인 죽음의 결과를 초래
되었다.

그는 가끔 한구석에 틀어박혀 꼼짝도 하지
않은 채 웅송그리며 온종일 혼자 지내곤 했
다. 또 다른 때는 화가 난 듯 농장 밭으로 나
가 혼자 힘으로 열 사람의 일을 해치우곤 했
다. 그러다가 저녁이 되면 아를 지역으로 통

하는 길을 따라 마을을 지나 몇 개의 교회 첨탑이 보일 때까지 하염없이 걷다가 해 질 녘에 되돌아오곤 했다. 그는 그보다 더 벗어나 가까이 가지 않았다.

집안의 사람들은 '장'이 항상 슬퍼하며 외로워하는 것을 보면서도 어떻게 해야 할지 몰랐다. 그들은 마음을 졸이며 최악의 상황이 일어날까 두려워했다. 한번은 식사 도중에 어머니가 눈물을 글썽거리며 아들에게 말했다.

"ㅡ괜찮아, 아들아. 내 말 좀 들어봐. 아직도 정말로 그녀를 원한다면 만날 수 있도록 해줄게."

옆에 있던 아버지는 수치스러움에 얼굴을 붉

히며 고개를 숙였다.

아들 '장'은 부정이라도 하는 듯 고개를 흔들며 밖으로 나가 버렸다.

그날부터 '장'은 걱정하시는 부모님을 안심시키기 위해 항상 명랑한 모습을 보이며 이전의 슬픔을 유발하는 생활 방식을 안전히 바꾸었다.

그는 공차기 놀이, 무도회 식당, 각종 기념행사 등에 다시 나갔다. '퐁비에유(Fonvieille)'에서 열리는 축제에 참석하여 무도회 곡(farandole: 프로방스 지방의 춤곡)에 맞춰 흥겹게 즐겼다.

그 모습을 지켜본 아버지가 말했다.

"이제 극복해 낸 것 같은데."

하지만 어머니는 여전히 두려움을 가지고 있었다. 그런 아들을 어느 때보다 예의주시하고 있었다. '장'이 잠자는 방은 누에 양잠실의 옆방에 남동생과 함께 지냈다. 가련한 어머니는 심지어 아들의 옆방에 침대를 갖다 놓으며 밤중에 누에가 어떻게 될지 모른다는 핑계를 대면서...

어느덧 농부의 수호성인 '성 엘리' 축제일이 되었다.

그 마을 농부들에게 굉장한 기념행사였다.

모든 사람을 위한 포도주('샤토 네프' 와인)를
마셔도 강으로 흘러넘칠 만큼 풍부했다. 그리
고 팽나무에는 총천연색의 초롱불이 걸리고
하늘에 폭죽을 터트리며 불꽃놀이를 즐겼다.

"성 엘리 만세!"

마을 사람들은 지쳐 쓰러질 때까지 춤을 추
었다. 그러다가 막냇동생은 기다란 셔츠 새
옷을 불에 그을려버렸다. 그 모습을 본 '장'도
유쾌한 표정을 지으며 대수롭지 않게 웃었다.
그리고 어머니에게 춤추기를 청했다. 그녀는
기쁨에 눈물을 흘렸다.

자정이 넘어서 축제에 나온 사람들이 잠자리
에 들었다. 모두 피곤했는지 곧바로 곯아떨어

졌다. 하지만 '장'은 잠을 이루지 못했다. 동생이 나중에 들려준 말로 형이 밤새도록 흐느껴 울었다고 했다. '오, 정말로...' 슬픔의 고통에서 헤어 나오지 못했다.

* * * * *

다음 날 아침, 어머니는 누군가 아들의 침실을 가로질러 뛰어가는 소리를 들었다. 그녀는 일종의 불길한 예감을 느꼈다.

"장, 너니?"
장은 대답하지 않았다, 그는 이미 계단에 올라 있었다.

어머니는 즉시 일어났다.

"장, 어디 가니?"

아들이 위층 다락방으로 올라가자 어머니는
뒤를 따라갔다.

"—오 하느님. 제발, 아들아!

그는 문을 닫고 빗장을 걸었다.

"장, 장, 대답해 봐. 뭐 하고 있어?"

그녀의 떨리는 손으로 오래된 빗장을 더듬었
다. 창문이 열렸다. 돌 탁자에 몸이 부딪히는
파열음이 들렸다. 그리고... 끔찍한 침묵이 흘
렀다.

그 가엾은 젊은이는 자신에게 말했다.

"그녀를 너무나 사랑해... 다 끝내고 싶어..."

'오, 얼마나 불쌍한가! 아무리 경멸했더라도 사랑하는 마음을 떨쳐버릴 수 없어서 사랑을 죽음으로 맞이하니...'

그날 아침, 마을 사람들은 '에스테브'의 집에서 누가 저렇게 울부짖는지 궁금했다.

이슬과 피로 뒤덮인 돌 탁자 옆으로 두 팔이 축 늘어진 아들 몸을 감싸 앉고 통곡하는 어머니의 울음소리였다.

THE ARLESIENNE

As you go down to the village from the windmill, the road passes a farm situated behind a large courtyard planted with tall Mediterranean nettle trees. It's a typical house of a Provencal tenant farmer with its red tiles, large brown façade, and haphazardly placed doors and windows. It has a weather-cock right on top of the loft, and a pulley to hoist hay, with a few tufts of old hay sticking out⋯.

What was it about this particular house that struck me? Why did the

closed gate freeze my blood? I don't know; but I do know that the house gave me the shivers. It was choked by an eerie silence. No dogs barked. Guinea fowl scattered silently. Nothing was heard from inside the grounds, not even the ubiquitous mule's bell…. Were it not for white curtains at the windows and smoke rising from the roof, the place could have been deserted.

Yesterday, around midday, I was walking back from the village, by the walls of the farm in the shade of the old nettle trees, when I saw some

farm-hands quietly finishing loading a hay wain on the road in front of the farm. The gate had been left open and discovered a tall, white-haired, old man at the back of the yard, with his elbows on a large stone table, and his head in his hands. He was wearing an ill-fitting jacket and tattered trousers⋯. The sight of him stopped me in my tracks. One of the men whispered, almost inaudibly, to me:

—Sush. It's the Master. He's been like that since his son's death.

At that moment a woman and a small

boy, both dressed in black and accompanied by fat and sun-tanned villagers, passed near us and went into the farm.

The man went on:

— The lady and the youngest, Cadet, are coming back from the mass. Every day it's the same thing since the eldest killed himself. Oh, monsieur, what a tragedy. The father still goes round in his mourning weeds, nothing will stop him⋯. Gee-up!

The wagon lurched ready to go, but I

still wanted to know more, so I asked the driver if I could sit with him, and it was up there in the hay, that I learned all about the tragic story of young Jan.

* * * * *

Jan was an admirable countryman of twenty, as well-behaved as a girl, well-built and open-hearted. He was very handsome and so caught the eye of lots of women, but he had eyes for only one—a petite girl from Arles, velvet and lace vision, whom he had once met in the town's main square.

This wasn't well received at first in the farm. The girl was known as a flirt, and her parents weren't local people. But Jan wanted her, whatever the cost. He said:

—I will die if I don't have her. And so, it just had to be. The marriage was duly arranged to take place after the harvest.

One Sunday evening, the family were just finishing dinner in the courtyard. It was almost a wedding feast. The fiancée was not there, but her health and well-being were toasted throughout

the meal···. A man appeared unexpectedly at the door, and stuttered a request to speak to Estève, the master of the house, alone. Estève got up and went out onto the road.

—Monsieur, the man said, you are about to marry your boy off to a woman who is a bitch, and has been my mistress for two years. I have proof of what I say; here are some of her letters!··· Her parents know all about it and have promised her to me, but since your son took an interest in her, neither she nor they want anything to do with me···. And yet I would have

thought that after what has happened, she couldn't in all conscience marry anyone else.

—I see, said Master Estève after scanning the letters; come in; have a glass of Muscat.

The man replied:

—Thanks, but I am too upset for company.

And he went away.

The father went back in, seemingly

unaffected, and retook his place at the table where the meal was rounded off quite amiably.

That evening, Master Estève went out into the fields with his son. They stayed outside some time, and when they did return the mother was waiting up for them.

—Wife, said the farmer bringing their son to her, hug him, he's very unhappy….

* * * * *

Jan didn't mention the Arlesienne ever again. He still loved her though, only more so, now he knew that she was in the arms of someone else. The trouble was that he was too proud to say so, and that's what killed the poor boy. Sometimes, he would spend entire days alone, huddled in a corner, motionless. At other times, angry, he would set himself to work on the farm, and, on his own, get through the work of ten men. When evening came, he would set out for Arles, and walk expectantly until he saw the town's few steeples appearing in the sunset. Then he turned round and went home. He never

went any closer than that.

The people in the farm didn't know what to do, seeing him always sad and lonely. They feared the worst. Once, during a meal, his mother, her eyes welling with tears, said to him:

—Alright, listen Jan, if you really want her, we will let you take her….

The father, blushing with shame, lowered his head….

Jan shook his head and left….

From that day onwards, Jan changed his ways, affecting cheerfulness all the time to reassure his parents. He was seen again at balls, cabarets, and branding fetes. At the celebrations at the Fonvieille fete, he actually led the farandole.

His father said: "He's got over it." His mother, however, still had her fears and kept an eye on her boy more than ever···. Jan slept in the same room as Cadet, close to the silkworms' building. The poor mother even made up her bed in the next room to theirs ··· explaining by saying that the silkworms

would need attention during the night.

Then came the feast day of St. Eli, patron saint of farmers.

There were great celebrations in the farm…. There was plenty of Château-Neuf for everybody and the sweet wine flowed in rivers. Then there were crackers, and fireworks, and coloured lanterns all over the nettle trees. Long live St. Eli! They all danced the farandole until they dropped. Cadet scorched his new smock…. Even Jan looked content, and actually asked his mother for a dance. She cried with joy.

At midnight they all went to bed; everybody was tired out. But Jan himself didn't sleep. Cadet said later that he had been sobbing the whole night. Oh, I tell you, he was well smitten that one⋯.

* * * * *

The next morning the mother heard someone running across her sons' bedroom. She felt a sort of presentiment:

—Jan, is that you?

Jan didn't reply, he was already on the stairs.

His mother got up at once:

—Jan, where are you going?

He went up into the loft, she followed him:

—In heavens name, son!

He shut and bolted the door:

—Jan, Jan, answer me. What are you doing?

Her old trembling hands felt for the latch⋯. A window opened; there was the sound of a body hitting the courtyard slabs. Then ⋯ an awful silence.

The poor lad had told himself: "I love her too much⋯. I want to end it all⋯." Oh, what pitiful things we are! It's all too much; even scorn can't kill love⋯.

That morning, the village people wondered who could be howling like that, down there by Estève's farm.

It was the mother in the courtyard by

the stone table which was covered with dew and with blood. She was wailing over her son's lifeless body, limp, in her arms.

마지막 수업

마지막 수업

나는 그날 아침 매우 늦게 등교를 했다. 특히 아멜 선생님이 우리에게 분사 문법 질문하겠다고 말씀하셨는데, 그 분사에 관해서 한마디도 알지 못했다. 그래서 꾸지람이 몹시 두려웠다.

잠깐 학교에 결석하고 온종일 밖에서 지낼까 하는 생각을 했다. '날씨는 너무 따뜻하고 눈부시게 밝았다!' 숲속에서 새들이 재잘거리고 제재소(製材所, 목재소) 뒤쪽의 공동 경작지에서 프로이센 병사들이 훈련하는 소리가 들렸다. 이 모든 상황은 분사 규칙보다 훨씬 더 솔깃한 것이었지만, 저항할 힘도 없어 서둘러 학교로 향했다.

읍사무소를 지날 때, 공고 게시판 앞에 사람들이 모여 있었다. 지난 2년 동안 패배한 전투, 징집, 부대 지휘관의 명령 등 나쁜 소식이 붙어 있었다. 나는 뜀박질을 멈추지 않고 이런 생각 했다.

'지금 무슨 문제라도 벌어졌나?'

내가 뛸 수 있는 가장 빠른 속력으로 뛰고 있는 찰나 게시판을 들여다보던 바스테르 대장장이와 수습공이 함께 회보를 읽다가 나를 불렀다.

"그렇게 서둘러 갈 필요 없어. 젊은 친구! 등교 시간은 충분해!"

나는 대장장이 아저씨 놀리는 줄로 생각했다. 숨을 헐떡거리며 자그마한 학교 운동장으로 들어섰다.

보통은 수업이 시작되면 부산하게 움직이는 책상 서랍을 여닫는 소리, 책 읽는 소리, 시끄러운 소리, 큰 소리를 듣기 싫다는 듯 귀를 막고, 선생님은 큰 지휘봉을 교탁에 톡톡 두드리는 소리가 길에서도 들릴 정도로 시끄러웠다.

나는 평상시와 같은 소동을 틈타 슬며시 책상에 앉는 게 당연하다고 기대했지만, '지금은 모든 것이 조용했다!' 창문을 통해 보니 반 학우들은 벌써 제자리에 앉아 있었다. 마치 일요일 아침처럼 고요했다. 아멜 선생님은 섬뜩

한 철 지휘봉을 옆구리에 끼고 책상 사이를 앞뒤로 걸어 다녔다.

누구라도 이 상황에 직면하면 교실 문을 열고 들어가야 한다. 얼마나 얼굴이 빨개지고, 얼마나 겁먹었을 저를 여러분은 상상할 수 있을 것이다.

그러나 아무 일도 일어나지 않았다, 아멜 선생님은 나를 보고 매우 친절하게 말했다.

"빨리 네 자리에 앉아라, 꼬마 프란츠. 우린 너 없이 수업을 시작하려 했구나."

나는 책걸상을 뛰어넘어 자리에 앉았다. 이제야 두근거렸던 공포감이 사라질 때쯤 선생님이 정갈한 초록색 코트와 주름 장식을 단 셔츠, 그리고 작은 수가 놓인 검은 비단 모자를 쓴 것을 보았다. 그런 복장은 장학사 점검과 우등생 표창장을 주는 행사를 제외하고는 입지 않았다. 게다가 교실 안은 낯설고 엄숙했다. 더구나 나를 가장 놀라게 한 광경은 항상 비어 있던 뒷줄 공간에 우리 학생들처럼 조용히 앉아 있었다. 학교 관리인 집사 할아버지, 삼각 모자를 쓴 이전 면장, 옛 우체국장뿐만 아니라 그 밖에도 여러 사람이 있었다.

모두가 슬퍼 보였다. 집사 할아버지는 프랑스어 입문서 끝 테두리를 엄지손가락으로 만지작거리다가 무릎 위에 놓고 책 펼치더니 커다란 안경을 책장 사이에 놓았다.

내가 이상히 여기며 어리둥절 주위를 둘러보고 있는 동안 아멜 선생은 교단에 올라 심각하고 부드럽고 진지한 어조로 말씀하셨다.

"자. 여러분! 오늘이 제가 여러분과 함께 할 수 있는 마지막 수업입니다. 알자스와 로렌 지방의 학교는 이제 독일어만 가르치라는 명령이 베를린에서 내려왔습니다. 내일이면 새로운 선생님이 오실 것입니다. 여러분에게 가르쳐 줄 수 있는 마지막 프랑스어 수업입니다. 열심히 들어주길 바랍니다."

이 말들은 나는 우레를 맞은 듯한 천둥소리로 들렸다!

'오, 악마 같은 인간들, 읍사무소에 붙은 회

보가 이거였구나.'

'나의 마지막 프랑스어 수업!'
'난 제대로 글을 쓰는 법을 모르는데!'
'더 배울 기회조차도 없잖아!'
'이제 오늘이 끝인가!'
'아, 수업을 빼먹고 둥지의 새알을 찾아다녔
거나, 〈자르〉강에서 얼음을 제치며 탔던 일!'

내가 저지른 소란 행위가 후회스럽고 정말
미안했다!

얼마 전까지만 해도 그렇게도 귀찮아 보이던
책들, 들고 다니기엔 너무 무거웠던 문법서,
그리고 성서 성자들의 역사까지 헤어지기 싫
은 오랜 친구로 느껴졌다. 아멜 선생님이 떠

난다는 생각에 섬뜩하게 느꼈던 지휘봉과 짜
증을 내며 화를 내던 모든 일이 잊혔다.

'가엾은 선생님!'

그가 말끔하게 차려입은 정장은 마지막 수업
을 기리기 위한 것이고, 마을의 유명 인사들
이 교실 뒤쪽에 자리했던 이유가 이해되었다.
그들 역시 학교에서 프랑스어 수업을 할 수
없다는 것에 미안할 따름이었다. 40년 동안
교편을 잡으며 충실한 열정을 보여주신 선생
님께 감사할 뿐만 아니리 더 나아가 조국의
경의를 표하기 위한 것이었다.

이런 생각을 할 때, 선생님은 내 이름을 불
렀다. 내가 암송할 차례였다. 저 끔찍한 분사

규칙을 처음부터 끝까지 한 치의 실수도 없이 아주 크고 분명하게 말할 수 있다면 얼마나 좋을까? 그렇게만 된다면 무엇이라도 할 수 있을 것 같았다!

하지만 첫마디 입도 떼지 못하고 심장이 두근두근 뛰고 정신이 혼미해 감히 엄두도 내지 못한 채 고개를 숙이고 책상만을 붙잡고 서 있었다. 그런 나를 보며 선생님은 천천히 말했다.

"프란츠, 널 야단치지 않겠다. 넌 충분히 실망하며 맥이 빠진 기분을 알고 있을 테니. 어떻게 된 건지 잘 들어봐! 우리는 매일 자신에게 이렇게 말하곤 하지. '쳇! 시간은 충분해. 내일 배우면 돼.' 그게 우리의 현재 모습이란다. 알자스의 큰 문제라는 거지. 오늘 배워야 할 것을 내일로 미루고 있어. 저 밖에 프로이센 사람들이 한 마디 비웃으며 거들겠지. '어때요? 프랑스인이라고 주장하면서 자신의 언어로 말할 수도 없고, 쓸 수도 없잖아.' 이렇게 비아냥거려도 할 말이 없지. 하지만 프란츠, 너의 탓만은 아니란다. 우리 모두 비난받을 행동을 했고 반성해야 해."

"너희들 부모님은 배움을 익히는데 열망을 보이지 않으셨지. 돈을 조금이라도 더 벌기 위해 농장이나 제분소에서 일하는 것을 선호했어. 물론 나 또한? 내 책임도 있지. 수업 대신 내 정원 화단에 물을 주라고 자주 보내지 않았습니까? 그리고 낚시하러 가고 싶다면 휴강을 했으니까?"

이렇게 말한 후, 아멜 선생님은 프랑스어에 관한 이야기하면서 세상에서 가장 아름다운 말이며 가장 명료하고 가장 논리적인 언어라고 말했다. 프랑스어는 우리가 절대 잊어서는 안 되며 우리가 지켜야할 것이라고 했다.

왜냐하면, 한 민족이 노예가 될지언정 모국어를 지켜낸다면 감옥의 열쇠를 가지고 있는 것과 같기 때문이라고 말씀하셨다. 그러고 나서 선생님은 문법서를 펼치고 읽어주셨다. 신기하게도 문법이 쉽게 이해되어 놀랐다. 선생님의 말씀마다 쉬워 보였다. 그렇게 문법 수업을 열심히 들은 적은 없었다. 또 선생님도 인자한 마음으로 알아듣기 쉽게 설명하셨다. 그 까닭은 가엾은 선생님이 떠나가기 전에 모든 것을 알려주고 싶어 하는 것 같았다.

문법 수업이 끝난 후에 글쓰기를 배웠다. 아 멜 선생님은 우리를 위해 아름다운 손으로 쓴 새로운 사본을 나눠 주었다. '프랑스, 알자스, 프랑스, 알자스.'라고 쓰여 있었다. 마치 책상 위에 걸려 있는 교실 여기저기에 매달려 나부 끼는 작은 깃발처럼 보였다.

모두 숨소리 하나 들리지 않을 만큼 조용했 다! 한결같은 동작으로 종이 위에 펜을 긁는 소리뿐이었다. 창문을 통해 몇몇 딱정벌레가 날아 들어왔지만, 아무 미동도 없이 관심을 기울이지 않았다. 가장 어린아이도 글쓰기에 집중했다. 투사본[1]에 프랑스인이 낚싯바늘에 걸린 듯 흔들림 없이 정확하게 썼다. 지붕 위 에 비둘기들이 나지막하게 '구구구'하며 울었

---

1) 투사(透寫: 지도·그림 등을 투명한 종이 밑에 받쳐 놓고 베끼는 것)

다. 나는 마음속으로 생각했다.

"이젠 비둘기도 독일어로 노래하라고 강요하
지 않을까?"

글을 쓰다가 가끔 고개 들어 볼 때마다 아멜
선생님은 의자에 꼼짝도 하지 않고 앉아 먼
곳을 바라보고 시선을 고정하고 있었다. 학교
와 정원 풍경 등 하나도 놓치지 않고 마음 깊
은 곳에 간직하고 싶어 하는 것처럼 보였다.

'감회가 새로울 것 같았다!'
40년 동안 창밖의 정원이 보이는 교실에 늘
있었으니까. 책상과 의자는 매끄럽게 닳아 있
었다. 화단에 있는 호두나무는 더 커져있고,
선생님이 직접 심은 홉 덩굴은 창문을 휘감고

지붕 위까지 닿았다.

'가련한 선생님.'

이 모든 것을 내버려 둔다는 것이 얼마나
마음이 아플까? 위층에서 그의 누이동생이 짐
을 꾸리며 움직이는 트렁크 소리가 들렸다.
그 들은 내일이면 애석하게도 마을을 떠나야
한다.

그러나 선생님은 마지막 수업을 할 수 있는
용기가 있었다. 글쓰기 수업이 끝나고 역사
수업이 시작되었다. 어린아이들은 '바, 베, 비,
보, 부'를 합창했다. 집사 할아버지는 교실 뒤
편에서 안경을 고쳐 쓰고 프랑스어 입문서를
양손에 들고서 한 글자씩 더듬거려 가며 읽었
다. 그 역시 울먹이며 계셨다. 목소리에 감정

이 섞여 떨렸다. 할아버지 목소리가 우스꽝스
럽게 들려 웃어야 할지 울어야 할지 어찌할
바 몰랐다.

'아, 내가 기억하는 마지막 수업!'

그때 교회의 삼종 기도를 알리는 시계 종소
리가 울리며 정오를 알렸다. 그리고 나팔 소
리가 교실 창문 밑에서 울려 퍼지며 훈련을
마치고 돌아오는 프로이센 군인들이 보였다.
그 순간 아멜 선생님 얼굴이 창백해지며 의자
에서 벌떡 일어났다. 나는 지금까지 선생님이
이토록 키가 커 보인 적은 없었다.

"여러분!"
선생님이 말했다.

"나— 나는—"

그러나 선생님은 무언가 더 말하려다가 목이 메는지 더 이상 말을 잇지 못했다.

그러고는 칠판 쪽으로 몸을 돌려 다가가 분필 하나를 들고 온 힘을 다하여 되도록 크게 글을 썼다.

"프랑스 만세"

선생님은 걸음을 멈추고 벽에 머리를 기댄 채, 아무 말도 없이 우리에게 손짓으로 말했다.

"마지막 수업 끝— 가도 좋아요."

THE LAST LESSON

I started for school very late that morning and was in great dread of a scolding, especially because M. Hamel had said that he would question us on participles, and I did not know the first word about them. For a moment I thought of running away and spending the day out of doors. It was so warm, so bright! The birds were chirping at the edge of the woods; and in the open field back of the saw-mill the Prussian soldiers were drilling. It was all much more tempting than the rule for participles, but I had the strength

to resist, and hurried off to school.

When I passed the town hall there was a crowd in front of the bulletin-board. For the last two years all our bad news had come from there—the lost battles, the draft, the orders of the commanding officer—and I thought to myself, without stopping:

"What can be the matter now?"

Then, as I hurried by as fast as I could go, the blacksmith, Wachter, who was there, with his apprentice, reading the bulletin, called after me:

"Don't go so fast, bub; you'll get to your school in plenty of time!"

I thought he was making fun of me, and reached M. Hamel's little garden all out of breath.

Usually, when school began, there was a great bustle, which could be heard out in the street, the opening and closing of desks, lessons repeated in unison, very loud, with our hands over our ears to understand better, and the teacher's great ruler rapping on the table. But now it was all so still! I had counted on the commotion to get to

my desk without being seen; but, of course, that day everything had to be as quiet as Sunday morning. Through the window I saw my classmates, already in their places, and M. Hamel walking up and down with his terrible iron ruler under his arm. I had to open the door and go in before everybody. You can imagine how I blushed and how frightened I was.

But nothing happened, M. Hamel saw me and said very kindly:

"Go to your place quickly, little Franz. We were beginning without you."

I jumped over the bench and sat down at my desk. Not till then, when I had got a little over my fright, did I see that our teacher had on his beautiful green coat, his frilled shirt, and the little black silk cap, all embroidered, that he never wore except on inspection and prize days. Besides, the whole school seemed so strange and solemn. But the thing that surprised me most was to see, on the back benches that were always empty, the village people sitting quietly like ourselves; old Hauser, with his three-cornered hat, the former mayor, the former postmaster, and several others besides.

Everybody looked sad; and Hauser had brought an old primer, thumbed at the edges, and he held it open on his knees with his great spectacles lying across the pages.

While I was wondering about it all, M. Hamel mounted his chair, and, in the same grave and gentle tone which he had used to me, said:

"My children, this is the last lesson I shall give you. The order has come from Berlin to teach only German in the schools of Alsace and Lorraine. The new master comes to-morrow. This is

your last French lesson. I want you to be very attentive."

What a thunder-clap these words were to me!

Oh, the wretches; that was what they had put up at the town-hall!

My last French lesson! Why, I hardly knew how to write! I should never learn any more! I must stop there, then! Oh, how sorry I was for not learning my lessons, for seeking birds' eggs, or going sliding on the Saar! My books, that had seemed such a

nuisance a while ago, so heavy to carry, my grammar, and my history of the saints, were old friends now that I couldn't give up. And M. Hamel, too; the idea that he was going away, that I should never see him again, made me forget all about his ruler and how cranky he was.

Poor man! It was in honor of this last lesson that he had put on his fine Sunday-clothes, and now I understood why the old men of the village were sitting there in the back of the room. It was because they were sorry, too, that they had not gone to school more.

It was their way of thanking our master for his forty years of faithful service and of showing their respect for the country that was theirs no more.

While I was thinking of all this, I heard my name called. It was my turn to recite. What would I not have given to be able to say that dreadful rule for the participle all through, very loud and clear, and without one mistake? But I got mixed up on the first words and stood there, holding on to my desk, my heart beating, and not daring to look up. I heard M. Hamel say to me:

"I won't scold you, little Franz; you must feel bad enough. See how it is! Every day we have said to ourselves: 'Bah! I've plenty of time. I'll learn it to-morrow.' And now you see where we've come out. Ah, that's the great trouble with Alsace; she puts off learning till to-morrow. Now those fellows out there will have the right to say to you: 'How is it; you pretend to be Frenchmen, and yet you can neither speak nor write your own language?' But you are not the worst, poor little Franz. We've all a great deal to reproach ourselves with.

"Your parents were not anxious enough to have you learn. They preferred to put you to work on a farm or at the mills, so as to have a little more money. And I? I've been to blame also. Have I not often sent you to water my flowers instead of learning your lessons? And when I wanted to go fishing, did I not just give you a holiday?"

Then, from one thing to another, M. Hamel went on to talk of the French language, saying that it was the most beautiful language in the world—the clearest, the most logical; that we must

guard it among us and never forget it, because when a people are enslaved, as long as they hold fast to their language it is as if they had the key to their prison. Then he opened a grammar and read us our lesson. I was amazed to see how well I understood it. All he said seemed so easy, so easy! I think, too, that I had never listened so carefully, and that he had never explained everything with so much patience. It seemed almost as if the poor man wanted to give us all he knew before going away, and to put it all into our heads at one stroke.

After the grammar, we had a lesson in writing. That day M. Hamel had new copies for us, written in a beautiful round hand: France, Alsace, France, Alsace. They looked like little flags floating everywhere in the school-room, hung from the rod at the top of our desks. You ought to have seen how every one set to work, and how quiet it was! The only sound was the scratching of the pens over the paper. Once some beetles flew in; but nobody paid any attention to them, not even the littlest ones, who worked right on tracing their fish-hooks, as if that was French, too. On the roof the pigeons

cooed very low, and I thought to myself:

"Will they make them sing in German, even the pigeons?"

Whenever I looked up from my writing I saw M. Hamel sitting motionless in his chair and gazing first at one thing, then at another, as if he wanted to fix in his mind just how everything looked in that little school-room. Fancy! For forty years he had been there in the same place, with his garden outside the window and his class in front of him, just like that. Only the desks and

benches had been worn smooth; the walnut-trees in the garden were taller, and the hop-vine, that he had planted himself twined about the windows to the roof. How it must have broken his heart to leave it all, poor man; to hear his sister moving about in the room above, packing their trunks! For they must leave the country next day.

But he had the courage to hear every lesson to the very last. After the writing, we had a lesson in history, and then the babies chanted their ba, be, bi, bo, bu. Down there at the back of the room old Hauser had put on his

spectacles and, holding his primer in both hands, spelled the letters with them. You could see that he, too, was crying; his voice trembled with emotion, and it was so funny to hear him that we all wanted to laugh and cry. Ah, how well I remember it, that last lesson!

All at once the church-clock struck twelve. Then the Angelus. At the same moment the trumpets of the Prussians, returning from drill, sounded under our windows. M. Hamel stood up, very pale, in his chair. I never saw him look so tall.

"My friends," said he, "I—I—" But something choked him. He could not go on.

Then he turned to the blackboard, took a piece of chalk, and, bearing on with all his might, he wrote as large as he could:

"Vive La France!"

Then he stopped and leaned his head against the wall, and, without a word, he made a gesture to us with his hand; "School is dismissed—you may go."